回顧
生活點線面

朱少璋

商務印書館

回顧 —— 生活點線面

作　　者：朱少璋

責任編輯：洪子平

出　　版：商務印書館 (香港) 有限公司

　　　　　香港筲箕灣耀興道 3 號東匯廣場 8 樓

　　　　　http://www.commercialpress.com.hk

發　　行：香港聯合書刊物流有限公司

　　　　　香港新界大埔汀麗路 36 號中華商務印刷大廈 3 字樓

印　　刷：美雅印刷製本有限公司

　　　　　九龍觀塘榮業街 6 號海濱工業大廈 4 樓 A

版　　次：2016 年 7 月 1 第 1 版第 1 次

　　　　　©2016 商務印書館 (香港) 有限公司

　　　　　ISBN 978 962 07 0426 0

　　　　　Printed in Hong Kong

目錄

序

　　整理舊文章是慢慢地打疊過去，像遠行前夕細心地打疊細軟、打疊行裝。都市的生活節奏太快，日出日落都無暇細賞，早餐晚餐只是狼吞虎嚥，我們因此而遺忘了很多風景和味道。文章寫得太快或讀得太快都不是好事，快，就容易忽略字裏行間的風景和味道。

　　古人主張「人惟舊，器惟新」。講感情當然愈舊愈深厚，講功能則愈新愈管用，只是文章在分類上有點困難，文章既講究感情又強調功能，求舊還是求新不能一刀切。舊文章修改得太多怕變成

了新文章，下筆修訂總不忘處處節制，按捺着「今是昨非」的進取想法，舊文章中可以保留的盡量保留：起碼包括好些未盡成熟的想法，起碼包括好些未臻完美的措詞，起碼包括好些未全過濾的感情。

薄薄的散文集姑且取名「回顧」，取其回溯、留戀的意思。孟敏，東漢時人，為人豁達，摔破了瓦甑（古代蒸煮食物的瓦器），頭也不回。郭泰問他打破了東西為甚麼不回頭看一看，他說東西都已打破了，回頭看一看不見得有好處。我生性不夠豁達，總覺得縱然回顧一下也未嘗不是好事。回顧並非妄想破甑還原，而是作出合理的反應，表達人之常情。回顧，起碼可以讓人生起點點

惋惜、懊悔或無奈。回顧舊文章也常會生起點點惋惜、懊悔或無奈，正因為往事已成事實，不能改變，而能稍稍改變的，也許只有舊稿上的某些字詞句段。

當年寫這批文章又何嘗不是「回顧」？如今年紀大了，回看「少作」多少感到有點不安──是合理反應，是人之常情。

說名解字

　　由於我任教中文，又從事文學研究的關係，好些朋友添丁取名，都要我給點意見，我大概與時代有點脫節，恐不能滿足他們的要求，復怕取錯一個不利孩子的名字，貽誤孩子一生，可說是罪莫大焉。因此，我大多只提議幾個單字，由孩子的父母自行選擇組合。個人認為好名字的條件是不花巧，不造作，易記易寫。但很多人不同意，認為名字一定要特別、要與眾不同。好些父母在孩子出生前數月已天天翻辭書，務求找到一兩個特別的字，首要條件是筆畫奇怪，

其次是讀音詭異，再者要字義艱深，好讓別人一看而不曉其音，望字而不解字義，然後再由家長登場，演說那個字的來由、出處和深意。這種做法有點狐假虎威的味道，不大可取。更有甚者，是多讀過幾年書的父母，發現某辭書的字不合用，自行做「倉頡」，實行自己造字，自以為此舉堪稱「天下無雙」。其實，這樣的名字，不能說是特別，而應歸入「怪」的類別去。過分着重名字字面上的意義，往往忽略了名字的「音樂美」，好的名字要可誦，例如「連琳瑯」，三字同為陽平聲字，毫無鏗鏘之韻致，復如「郭翹剛」，則佶屈聲牙，翹舌而不下者，不可不察。

　　時下為人父母者，常在孩子的名字

上鑽牛角尖，考其原因：一者是對自己的名字不滿意，唯有把自己喜歡的名字「傳」給孩子，聊以自解。二者是過分希冀孩子與眾不同，不明韜光養晦之至理。一個好的名字，只要來得自然便足夠了，又何必要刻意雕琢，處處表現奇崛？倒頭來，不外是換來一個簡單而直接的代名詞——「喂！」

廣東俗語云：「壞鬼書生多別號」，事實上，古往今來，又何只是書生多別字呢？畫家石濤又名大滌子、苦瓜和尚、莫書和尚、清湘道人、瞎尊者、小乘客、零丁老人，別號十分多。鄭板橋說「別號太多，反成攪亂」，是事實。現代的人很少用別字了，但卻喜歡用洋名，這其實也不是新鮮的玩兒了，君不

聞唐朝著名詩人王維又名「摩詰」，摩詰一名乃自梵文轉譯，王維此舉，可視為用洋名之先河。在香港，沒有洋名似乎活不了，學校、辦公室，處處都以洋名為主，如果你不諳英文發音，儘會來個「眾裏尋他千百度」，如撥電話找人，你對接待處的職員說：「請問某某某在嗎？」對方登時呆住了，中文名字，好陌生……經一番對質後，你如能補充：「Mary！」問題或可即時解決。

不知從何時開始，大家都重視洋名。但洋名也有不少缺點，例如重複的洋名很多，慣常用的有 Peter、Mary、John、Bill 等等，同一空間可以有多個同名之人，容易造成混淆，引起不便。有時為了特出，與別不同，好些人會自

行組合一些新名字，但怪誕而彆扭，難讀難記，在別人來說，是一種極重的負擔，倒不如乾脆記中文名字。

某次我到某大會計師樓去，在接待處遞上名片，說約見了某君，請接待小姐通傳。中國籍的接待小姐看見名片上全是中文，隨口便問：「有沒有英文名？」我只好消極地答：「Chu Siu Cheung！」

佶屈聱牙：文句艱深難懂，不通順暢達的意思。

韜光養晦：比喻隱藏了才能，不使外露。

我的書房

古往今來的讀書人，都渴望有屬於自己的空間，這「空間」古時稱為書齋，現在是書房。四大才子中的文徵明，善於篆刻，所刻印章，每每有不少書齋、草廬的名稱，他的朋友看見，便問及他的「物業」狀況，文氏笑說：「我的書齋草廬，都是空中樓閣，在想像中虛構出來的！」這話實在令人感慨不已，同境遇者寧不同聲一歎。

我不是甚麼讀書人，但我卻極渴望擁有自己的書房。求學時期住在狹小的公屋單位，建齋立廬的願望自是不能實現，看書、做論文都在飯桌上完成，一

到晚飯時候，媽大叫一聲：「吃飯囉！」便得應聲收拾細軟，那時只希望有一張屬於自己的書桌。到了大專時期，參考書愈購愈多，高峰時期曾把書本橫放在牀上，成為牀的另一半，木架上已有書滿之患，迫不得已只好作前後排的安置，被安排在後排的書有好一段日子不見天日，在抱歉之餘，我渴望擁有一間屬於自己的書房。

結婚後我與妻共營新居於上水，妻知我多年來的願望，特意騰出一間房給我，任我擺佈。我望着那四面牆，不知所措，該如何設置呢？最後是四壁皆書架，與牆同寬同高，架上滿放書籍，當年安置在後排的書籍有解放的機會了。靠窗的一邊放一長書桌，椅後另放一坐

地書架，務求在轉肘、舉手、投足之間，均能與書本有直接接觸。初入住時書房尚算整齊，一兩月後便凌亂不堪，書籍文件稿紙橫放窗台上，但我卻可以亂中尋序。我喜歡這種凌亂感，比較活潑、有生氣，過分整齊的書房令人有處身於銅牆鐵壁之感，有被埋葬的恐怖感覺。

妻建議為書房命名，我考慮了很久，書房名稱必須精簡雋永：革命詩人柳亞子的書齋名為「磨劍室」，以提倡氣節、激勵豪情；蘇曼殊一生飄泊天涯，聊署為「燕子龕」，實在是四海為家的悲涼寫照；順德有位馬姓朋友，把書房建搭在天台上，而署為「近天遠地廬」，也確是應景貼切。最後，我決定把書房命名為「下風堂」，靈感來自盆景專家周瘦

鵑的詩：「願君休薄閒花草，萬國衣冠拜下風」。究竟是處於「下風」，還是令人甘拜「下風」呢？我正愛「下風」二字模棱兩可，更何況它與「上水」二字成對偶，益增其豐富的意義。我親自動筆，塗了一個歪歪斜斜的橫匾，懸於壁上，反正是自己的天地，題字的美醜已無多大關係。朋友到書房小坐，抬頭望着樑上的幾隻「塗鴉」，我會很自豪的說：「是我寫的。」

詩聖杜甫宅心仁厚，在風雨侵茅廬之時，仍有「安得廣廈千萬間」的宏願，天下之寒士能不感動？現在香港的居住情況大概已改善了不少，能否再作奢求，點化杜詩為「安得書房千萬間」，以期實現讀書人在燈黃紙白間的夢想。

看海的日子

　　香港人都喜歡看海。某幢房子向海的話，頓時升價百千倍。有位朋友搖電話給我，高興地說剛遷入面海單位，從此過看海的日子。我登門拜訪，倚窗而望，看到的不是一片海而是一角海，應該說是一角灰濛濛的海，其餘的畫面都是高樓大廈。對海的要求，香港人太容易滿足了，那高樓與高樓間透出來的一點點「海」，已可使香港人的情緒高得跟樓價一樣。看海的日子也好，窺海的日子也好，只要跟海沾上關係，哪怕只是一線還是一小角；退而求其次是看游泳

池——看來香港人的想像力也很強，以小可以見大，畫餅可以充饑。更妙的是那張「餅畫」可以賣個極高的價，更妙的是不管怎麼高的價，也有人願買。

我曾到黃山，聽當地人說：「五嶽歸來不看山，黃山歸來不看嶽」，若將此理論移用於看海，則香港人看的都只是「水」，實在沒有多大的觀賞價值。但香港人的可愛處，正是懂得利用想像去補救，正如小孩子在浴缸中泅泳也可樂上大半天。

想像，可以滿足精神上的需要：拿着一張彩票，可以想像中獎後的風光場面；住一個二百平方米的單位，可以想像它的建築面積其實是四百平方米；拿着一枚郵票，可以想像它有升值千百倍

的潛力；隔鄰的女士的一個眼神，可以想像她正在慕才招嫁；正如從前中國人認為中國在全世界的中央一樣，單是這個一廂情願的想法，已使可愛的中國人樂上不知多少個世紀。試想：若沒有想像，中國人，以至香港人的日子會多難過。

曹操在煮酒論英雄時，向劉備提及一樁傑作：以「望梅止渴」解決行軍時缺水的問題；曹丞相利用的也是想像。在中國的窮鄉裏，鄉民把冬天的陽光想像為黃棉襖，愈想愈暖。饑荒時連樹根也吃光，要吃濕泥充饑，又把濕泥想像為神仙賜與的「觀音土」，類似這種想像，不知是可愛還是可憐。紅燒獅子頭，其實是把肉碎搓成球狀而已，金鑲

白玉是煎豆腐，紅嘴綠鸚鵡是菠菜，類似這種在想像中杜撰出來的名稱，未知會否牴觸標籤法？中國的名勝，也離不開想像，黃山上的迎客松、猴子觀海、仙人採藥、夢筆生花，都要靠想像才可以存在，同遊的一位外籍遊客，滿臉都是疑惑神色，認真地說：「Oh！Just a stone！」那位外籍遊客大概不明白；我們甚麼都可以缺，就是不能缺少想像。如果他知道在南方遠處，那一小角灰濛濛的「海」對樓價的影響有多大時，在咋舌之餘，當更認為香港人都該關進瘋人院。他不明白，我們的想像也需要一點點的提示，萬金散盡，為的就是買這一點點的提示、一點點的想像餘地。單從這一點看，香港人一點也不市儈，反而

是傻勁十足，非常可愛。

　　物業公司都以「無敵海景」四字招徠，其實只要有無敵想像便夠了：在行人熙來攘往的地區居住，可以想像一下那是一片浩瀚無垠的「人海」，車來車往的鬧市，不正是「車如流水」的最佳寫照嗎？

杜撰：虛構，沒有根據地編造出來。

給偉大的校對工作者

　　《舊唐書》說李林甫親筆手書賀柬祝賀親戚添丁，賀柬上居然寫上「聞有弄獐之慶」，《舊唐書》不定對錯，只客觀地說「客視之掩口」，可見寫錯別字惹人嘲笑，是非常丟臉的事。賀人家添丁是「弄璋」，「璋」是中國古代用來祭祀的玉器，古時的父母會把「璋」給男孩把玩或配戴，期望孩子長大後能成為品德高潔的人，有着玉一般的高貴氣質。李林甫筆下誤寫的「獐」卻是原始的鹿科動物，與慶賀添丁無關。

　　北齊時有「正字」之職，唐代有「校

書郎」之職;「正字」和「校書郎」都是擔任校對的工作,「校對」是出版編輯過程中必須而重要的工序,主要工作是按照原稿去審查訂正排印或繕寫的種種錯誤。校對者必須有學問,耐性和識力當然也十分重要。校對者既要具小人之心 —— 處處挑人誤字,又要具君子之腹 —— 給人錯而能改的機會。

校對的工作看似容易,原來一點都不簡單。

校對工作者,你,須具基本的校對常識。如:工字不出頭,橫戊點戍戊中空,休把馮京作馬涼。至如「皿」字頂無撇,避免了不少流「血」事件。你又很有正義感,「狠」字頂那一點,真的一點也不放過,否則既「狼」且「狠」,必蒙助

絀為虐之譏。你又深諳「遠近高低各不同」之理：「日」、「曰」二字的分別，你是清楚知道的。「准」、「淮」二字的分別、「西冷」跟西餐館菜譜上的「西冷」的異同，你都能巧妙地引用「冰寒於水」的理論，加以識別。

你當然不會被「貪字得貧」的理論影響而忽略二者的分別。你亦知道「余」、「佘」二姓的本籍不同，是改不了的事實。「反」賊不能出頭成「友」，朝「令」不能夕改為「今」，還有「會」、「曾」二字同中有異。「人」、「入」二字，也不曾令你左右為難，至於「他」、「她」、「牠」三字的眼迷離、腳撲朔，你亦能細辨雄雌、劃分人禽之別。「師」與「帥」是不能混淆的，否則便出「師」無名，兼

且要陣前易「帥」了。

更感謝你，為我們保留了正確的歷史名詞：中國歷史上的「秦」國和「秦」王，一不小心，會誤被誤置於東南亞「泰」國和「泰」王的研究範圍中。你留意到「甲」字的強出頭，會搞亂了天干中「申」的位置，正如你絕不輕視「己」、「巳」的細微分別一樣，令干支各有其序，各安其份。「盂」字也絕不能掉以輕心，倘與「盃」字相混，則亞聖成了「盃子」，鬼節成了「盃蘭節」——聖人改姓，佳節良辰虛設；在中國文化而言，可說是重大的雙重損失。

試看，若沒有校對工作者，偉大的中國文化真不知混亂到怎樣的地步！校對工作者明察秋毫（毫），一絲不掛

（苟）地校對，大凡奪字、脫句、衍文、錯簡，都能萬無一矢（失），準確地完成你在中國文化上的任務。前人云：校對誤字之難如掃落葉，隨掃隨積。但願校對工作者能堅特（持）下去，緊守崗位，把校對推上專業的位置。韓愈在選擇「推」、「敲」二字的過程中，成為年輕詩人賈鳥（島）的「一字師」，若準此例，則親愛的校對工作者，不正是教師以外的另類「校」師嗎？

干支：干支是天干和地支的總稱，由兩者經一定的組合方式搭配成六十對，是中國傳統的紀年方法。

手跡

　　保存「手跡」是一種很大的樂趣，看手跡也是一種很大的樂趣。某年香港文學節有作家手跡展覽的環節，我覺得很有意思。微黃的稿紙上，縱橫點畫，圈點刪增，都是作家們的心血結晶，也是千推萬敲的成果，如只看排印版，就缺乏那份親切感了。

　　看手跡時，我會這樣聯想：由點畫撇捺想到醮滿墨的筆尖，然後是筆管，搦着筆管的是乾瘦的手指，然後是靈活的手腕，手腕上有一圈白衣袖，然後是或灰或藍的衣袖，衣袖倏然展開一襲長

袍，然後是詩人的鬍子、五官，還有那半禿的前額，腦袋裏全是詩詞文章；透過這種逆流而上的「解碼」程序，作家似乎又活起來了。我陶醉在這種聯想中，手跡是作者的生命的凝聚，文字確真有靈。

我喜歡保存舊信札，也是基於愛看手跡的緣故。朋友、詩友、前輩和老師寄給我的信，十九都有保存，我以存檔的方式，用透明的文件夾子存好，一頁一頁順次的排下去，信封也要按次序地一一排放好，上面的郵戳、郵票，都是時間的見證，有空的時候翻開來看看，追憶一下從前的種種情事人事，倒也有趣得很。當代著名收藏家鄭逸梅，專門收信札，他交游很廣，且交游不乏時彥

名人，因此藏品十分豐富，也十分有價值。他的先祖父也有收藏信札的嗜好，據他說，他先祖父在來往的書札中，選擇一些文筆佳而書法端秀的黏存成冊。而我則不辨庸佼，盡量保存，當然，書法佳的信札確能引起一種典雅幽情，最耐人玩味。我有一位好友，到英國唸書時常常寄信給我，信中談及的事很多，有感情上的問題，有學業上的問題，有關於前途的問題，離愁與異國情懷，都密密麻麻地寫在一紙紙淡湖水藍色的郵柬上，滿紙都是因久違中國文化而錯寫的別字，但唸起來很有情味，與通電話真有天淵之別。書信可以保存，那種「置書懷袖中，三歲字不滅」的感覺，是永恆而可供玩味的。數年後他學成回港，

我重檢所存舊信，把他給我的信全數還給他，讓他回憶一下那段孤獨而徬徨的日子。我認為這種以信還信之舉，非有心人不能為。

收信的代價是回信，曾幾何時，發信回信是我的「日課」，是每天都必要處理的事務。正由於我珍惜手跡，我堅持親手寫信，拒絕採用電子郵件，算是對右手的一種尊重，給右手一種在拿箸提籃之外的特權。但電訊科技日新月異，我已有多年不用稿紙和圓珠筆寫作和寫信了。為了方便，寫信、寫稿、寫論文、設計講義，都用電腦。疏於書寫的關係，我的書法愈來愈不行，字體愈來愈歪斜了。

我寫給別人的信，粗略算來也有上

千之數，我有一個奇想：把那些信札重新輯錄，那該能把我的過去勾畫得更清楚——當然，我相信，它們大多都已被丟棄；即使偶然會在抽屜的某個角落發現那半束零札，但信上的或藍或黑的字，早在茫茫歲月中褪盡了原有的墨色，右下角的名字也愈發叫人感到陌生了。

不辨庸佼：不管是壞（庸）是好（佼）的意思。

半束零札：指殘缺不全的舊書信。

難以成家

　　在眾多的中國文字中，最具魅力的字，除了嫵媚的「女」、如浮雲又如生命的「錢」字外，要算是「家」字了，尤其當它站在某詞之後，它的魅力就更大了，例如：繪畫的人是畫家；寫書法的人是書法家；搞藝術活動的人是藝術家；張大嘴巴吃東西，再用油蠟蠟的嘴說好說壞的人是食家；從前我們貶稱寫漫畫的人是「公仔佬」，現在則稱「漫畫家」。本來是「人」，若成了「家」就聲價百倍，「家」字比「人」字高檔，所謂「專家」，要精專才可成家，若說專人，

就顯得低級了。太史公説：「究天人之際，成一家之言。」可見成家的重要。對於「家」字的吸引力，從事寫作的人尤難抗拒，「作家」一名，不知傾倒了多少舞文弄墨之徒，但要成為「作家」，一點也不容易。

我一向主張用「寫作人」代替「作家」，因稱「寫稿佬」太俗、稱「作家」又太嚴蕭了，從事寫作的人都不一定可以成家，用寫作人來形容未成家的作者，最好不過。在複雜的文壇上要成為作家，太難了。首先當然要能寫，有作品，最好是曾得某獎，方容易成「家」。不然，則最好在報章上擁有專欄，天天發表文章，讀者對你的印象深了，成「家」也就易辦了。再不然，則須交結文

友，與有「江湖地位」的作家結交，儘會近朱者赤，沾染到一點點作家的氣息。以上各項都不難做到，最大的問題倒是「作家」不能自封，須由別人認同，才可成家。因此，頂有自信的人也不能厚顏地說：「我是作家。」那末，你若想成家，必須管得着別人的嘴巴才行。管別人的嘴巴有很多方法，最常用的是「投桃報李法」：你讚對方是作家，他識趣的當會還一句「你才是作家中的前輩」，如教鸚鵡學講話一樣，這樣你就可以借他人之口舌以抬舉自己，對方也算是獲利回吐，兩不相欠。另一個方法是「寓褒於貶法」：常自謙地說反語，如「我只寫了幾部書，哪能算是作家？」這話無疑是提醒別人，對方本來沒有動機說你

是作家，聽了你的自謙話後，自然會用美言安慰你幾句，再加上你的引導，不難說出「你是作家」四字。另一種是「以退為進法」，此法須行險着，要不屑地說不稀罕成為作家，讓別人聽了覺得你品格清高，境界超脫，但語氣要拿捏得準確，切勿流露出半絲葡萄酸味。

當然，真正的作家是不用管別人嘴巴的，苦心孤詣地去管別人的嘴巴，似乎近於「管家」的專長而非「作家」的專業，畢竟個人的力量始終有限，又怎管得了悠悠眾口？思前想後，上述區區下策，不外為了虛名虛銜而已，想起當年某高僧在焦山望江上往來船隻，感慨地說：「江上船雖多，不外兩艘：一曰名，一曰利。」真不愧高僧，看得頂透徹。

現在呢？只有半艘：載利的一艘早因超載而沉了；載名那艘船也沉了一大截——我們的寫作人正在排隊登船哩。

投桃報李：比喻友好往來或互相贈送禮物。

寓褒於貶：用貶抑的語氣來達到褒揚的目的，用語看似貶抑實為褒揚。

苦心孤詣：苦心鑽研的意思。

大哉問

　　董橋先生的文章中記了一段很有趣的往事：「我小時候放暑假常常奉命到父親治事處去抄寫他用毛筆寫的公函，抄完歸檔。有些他寫得潦草，我認不得，又不敢問他，只好依樣勾勒，應付過去。」董先生「依樣勾勒」的方法固然有趣，而那句「又不敢問他」則暗示了父親的威嚴。做父親能樹立威嚴，令子女生怕捱罵而「不敢問」，確是省了不少麻煩。一位朋友說她常常問母親問題：「碗在哪裏？布在哪裏？文具在哪裏？」母親都連罵帶答：「都放在你的手裏！」

我覺得伯母的答案有點禪味，且略帶幽默；到頭來要孩子自己去找，問題始終要孩子自行解決。

我也有類似的經歷。唸書時遇有不明白，是不敢問老師的。老師忙，又有威嚴，當然更怕老師責罵，因此盡量自行解決難題，若真的解決不來，才硬着頭皮找老師。由於「不敢問」，我碰過不少壁，走了不少冤枉路，但我卻同時學會了獨立解決問題，也因此而建立了自信。

現代的人太着重表面上的溝通，父母要跟子女多談話，了解孩子的需要和問題。當老師的也要跟學生打成一片，那當然是有問必答的了。孩子的身邊有這個實力雄厚的顧問團，天塌下來也有

人擔帶，因此只曉發問，不曉解決問題。

　　葉公超在北大教英文，下課前問學生有問題沒有，學生若真的提問，葉先生的回答總是一句略帶責罵語氣的話：「查字典去！」他提供一個解決問題的方法，而不是提供答案，雖跡近取巧，但我卻十分欣賞。一位學生說本來有問題要找我，但找不着，回家後卻自行想通了。因此，提問題不要衝口而出，想清楚再問不遲。

　　一天，上班途中，一位考生滿頭大汗，神色緊張地向我問路：「某某中學在哪裏？」說罷把准考證上的地址指給我看。回想起當年會考前，剛收到准考證便立即按地址找試場，計劃好交通路線，連在哪裏吃午飯都事先做好周詳的

準備。現代的學生迷信「口在路邊」，動輒便張大嘴巴發問，類似這樣的問題，我是不會解答的。解決問題的方法不是單靠發問，而是靠思考、嘗試、揣摩或者適當地「捱罵」，並從中汲取教訓和經驗。我欣賞董先生的「不敢問」，欣賞伯母大人的「都放在你的手裏」，更欣賞葉公超的「查字典去」。可惜現代人會認為「不敢問」的學生是下檔學生，伯母的話也恐會傷害捱罵子女的弱小心靈，葉公超的教學法也被視為私塾式的老套教授法，一定不受學生歡迎。朋友都打趣地說：天下間最不幸的人是我的子女和我的學生。我總覺得，年輕一代滿腦子是問題，大概應該篩選一下才發問。

　　一次講課完畢，我問那班大學生有

問題沒有，一位學生隨即舉手發問：「剛才講的考不考？」像這樣的問題，連葉公超的「查字典」方法也派不上用場，我該如何作答呢？還是先把他「罵」個狗血淋頭。

揣摩：仔細推想探求的意思。

篩選：即精細地挑選。

畫畫

　　我自小就喜歡畫畫，雖然，我畫得一點都不好。

　　由簡單的線條開始，一筆一筆地畫，我感到我的筆能創造另一個新世界、一個理想中的世界。看了若干連環圖後，我開始學習模仿，對着連環圖中的人物，一筆筆地描下去，起初是歪歪斜斜的，漸次，我了解到畫人難畫手，畫樹難畫柳的道理，於是懂得避難取易，專挑易畫的部分畫。我大概得到某程度的滿足感，但，這也正是我不能成為畫家的原因。

臨摹也是好方法，省時而不費力，只要在畫冊中選定心儀之作，再把一張較薄的紙放在原畫上，薄紙上便會隱約地出現一個輪廓，用筆循着那可望而不可即的線條畫去，儘會有很好的效果。另一個方法是把複寫紙放在原畫之下、白紙之上；用筆在原畫上用力刻畫，最後揭開複寫紙，就如變戲法一樣，原畫的線條一一搬到紙上去了！這大概可以達到自娛的目的，當然，這也是我不能成為畫家的原因。

同儕中較有繪畫天份的，都是我的好友，我會央求他們為我繪畫，如看到電視節目中的機械人、鐵甲人，便向他們求畫。他們的技術真好，只花一個小息的時間，不消十五分鐘便畫成，機械

人的金屬質感很強，令人有反光的視覺享受，立體感亦不弱，加上那威武的架式，真的叫人歎為觀止。漸漸，我覺得縱然窮畢生精力也不能追得上他們的畫技，因為我確信自己沒有這方面的天份……受到這種想法的影響，正是我不能成為畫家的原因。

我漸漸忘記當畫家的願望，因為生活把我迫上另一條路。當初的想法改變了，我認為畫畫賺不到錢，而且不夠踏實，就是這種「現實」的想法，令我不能成為畫家。

事隔廿多年，近日，我重拾畫筆，欲圓當年童夢，我以為年紀大了，經驗多了，對繪畫有一定幫助，哪知手腕早給辦公室內的電腦鍵盤馴服了，指頭雖

算靈活，但手腕卻生硬得很。勉強下筆，那線條完全不是心中所想的弧度，更不是預期中的美妙組合，大概是平日的工作，手與腦的配合不多，現在要重新整合，要手把腦袋中的意念一一兌現，自是左支右絀了。當然，我也不知該畫些甚麼，連環圖和動畫早就沒有興趣了。在日常生活中的人呢？每一個面目模糊，我雖盡力去想，去重組那零碎而不清的人物形象，但始終是描不下，畫不出。原來，除了欠天份外，還欠條件，總之，我不能成為畫家的原因實在太多了……

就是這些原因，年過三十的我，尚未曾在過往的歲月為自己畫上傳神而精彩的一筆。我不但不能成為畫家，漸漸

就連搦管揮毫的勇氣也日見衰竭。人生就是一個完成自畫像的過程，成不了人生中的畫家，也就是成不了「人」——嗯，該是動筆的時候了。

搦管揮毫：拿起筆來寫字。

不敢壓軸

　　近來多次出任評判，才知道排名的次序確很重要，而且需要掌握很多技巧。

　　排名要先於他人，有賴先天決定，比如說，你的姓氏筆畫少，倘按筆畫多少而定排名位置，則姓「丁」者在先天條件上佔絕對的優勢。但如果是以英文拼音字母而定排名次序，則姓「區」者必能排在首席位置。以上兩種方法都不能滿足丁、區以外的家族，因為姓丁、姓區者若是無名之輩，讓他世襲地排在首席，其餘的九十八家姓必生怨懟之心，為了息事寧人，免罹尸位素餐之譏，除

了筆畫和字母的劃分法外，尚可以職銜的高低而定排名。職銜高者排在首席，如此類推，這方法有個好處：默列末座者當不會、也不敢有異議，當然也不會反對。在很多公開場合，按銜頭劃分的方法是十分管用的，此法可類推至學歷範圍：教授、副教授、助理教授、高級導師、導師……其實，無論哪種方法，其潛台詞都是一句「認命」。

「排名不分先後」是最好的方法，所謂「本來無一物」，自然沒有排名上的問題了。問題是有些人認為排名有必要，認為排在首位便代表地位重要，有時為了滿足排名佔先的心理，「不分先後」四字可彈性地變成了「不用解釋」的代用語，把心目中想要標榜的名字排在最

先的位置，心有不甘者也不得異議，這樣可以把很多衝突消弭於無影，堪為上策。當然，更上策的是「隨機應變」，三個名字按左中右排列，列左的一位認為自己位列榜首，當無異議；名列第二的那位，可以對他說中央的位置最重要，最顯眼；排最右的呢，可以用中文行文先右後左的事實來安撫他，自然無事。說到底，自卑而小器的人需要別人的安慰，你能給他編個藉口，他自然乖乖下台去，不再生事。從前的粵劇老倌很要臉子，對排名次序尤為重視。某年，某班主力邀多位紅伶同台演出，在排名上則大費周章，恐在排名上顧此失彼，想了多天，終於想出了圓周排列法，無起點亦無終點，周而復始，首尾相接，各

老倌都接受這種排名方式。所謂面面俱圓，這個「圓」字真是大有學問，這位世故的班主也能活用「圓」字的學問。

對於排名所引來的種種煩惱，我應為那些大費周章的主事者道歉，原因是我姓「朱」，只有六畫，能排在我前面的姓氏本來就不多；若按英文拼音則排第三，排首位的機會也很高。我常為這改不了的事實而惆悵，更感抱歉是我的學歷、資歷、職銜和年事都不高，不見經傳的名字大剌剌地排在博士、教授或老前輩之前，實在有點過意不去。從前有兩兄弟面見皇帝，其一緊張得滿頭大汗，皇上問他為何如此，乃曰聖上龍威，令臣下誠惶誠恐，皇上很滿意這個答案。但見另一位若無其事，便問：「為

何你不出汗，難道你不怕朕嗎？」乃答：「因聖上龍威所壓，惶恐至汗不敢出。」皇上當然更欣賞這種帶奉承意味的回覆——如果我説「排名匪敢云先，乃不敢壓軸耳」，未知這句話是否得體？

尸位素餐：指空佔着位置而不做事。

大費周章：耗費許多時間和精力來處理某些複雜的事情。

誠惶誠恐：誠，確實；惶、恐，害怕的意思。形容一個人害怕不安的樣子。

壓軸：原指倒數第二個節目，現多誤用指倒數第一個。

紀念，都印到票上去

　　無論紀念甚麼人，紀念甚麼事，香港人都喜歡發行紀念票，其大宗者有地下鐵路車票、郵票，新近又有電話卡加入，都是平面的，體積細小的，而且都具「收集性」，吸引市民「集齊全套」，於是一套未完，一套又至，市民真的疲於奔命，但又樂此不疲，票的吸引力可真不少。紀念是抽象的，但當印成了票，就變得具體了，加上票本身的面值，還有與面值相關的升值能力，只這份憧憬，就足以令人如癡如醉了。這種興奮的心情，大概與學生喜歡某某紀念日的

心情一樣——不是為着紀念，而是在乎那一天假期。

紀念日的假期裏，我們都沒有紀念活動，假期都是用來睡懶覺和吃喝玩樂的；紀念票也一樣，誰管紀念不紀念，都只是為了那升值的可能。當然，紀念票總比紀念日好，紀念日只供即時享用，但紀念票則具保值能力。前人都說寸金難買寸光陰，若跟紀念票相比，此話就有商榷的餘地了。

紀念票本身就是一種商品，發行的人都是借紀念為名，以圖利為實。顧客也是以購票為名，以投資保值為實。多少人，多少事，多少值得紀念的日子，都在「利益」的大前提下「付諸一票」。因此，現代的香港人都不喜歡用吃粽子

來紀念屈原，不愛在中秋節打燈籠，更不愛用登高來紀念重陽，也不愛用掃墓來紀念先人；最受歡迎的反而是佳節當日的巨額多寶彩票，最好有關機構能巧立名目。多印行幾套紀念票，單是排大隊買紀念票，已可使一大羣好事者，在售票大堂處站上大半天、樂上大半天了。

紀念，本意是「回顧」、「懷念」一些值得紀念的事件、人物、景物、建築物。打從紀念都印到票上去，「紀念」已不再是向後望，而是向前看，看的是未來的升值倍數，重要的倒不是紀念，而是緊隨在「紀念」二字之後的「票」。當年名伶任劍輝女士逝世，白雪仙女士以重映《李後主》作為對故人的紀念，真不愧風雅中人。我生怕此片沒有重映的機

會，一連看了三次，果真令人有「音容宛在」的感覺。我倒喜歡這種紀念活動，當然，若是換了印行「紀念戲票」，高興的人會更多哩：不用看戲，只要有票就行了。這一來，成本降低了，又可造就投資機會。

多年前郵政署印行了一套紀念票，記憶中有名丑生梁醒波、國際巨星李小龍和戲迷情人任劍輝。梁先生胖胖的身形，李先生健碩的身軀和任女士高瘦清臞的駙馬造型，壓印在一個方寸不到的框框內，誰忍心把這小紙片貼到信封的右角去，讓郵戳無情地鈐在那漫畫式的繪像上？耳畔悠然響起《帝女花·香夭》中一句曲詞「待千秋歌讚註駙馬在靈牌上」，靈牌，總比紀念票好。票，太單

薄了；紀念，也太單薄了。

清癯：清瘦，一般形容有氣質但比較清貧的讀書人。

談「窒」

　　都說香港人喜歡「窒」這種表達方式。

　　「窒」，可以視之為一種生活情趣，一種另類溝通，一種含攻擊性的幽默。中國人很着重語言技巧，說話要能顯出急智、才華和組織能力。以「窒」而成經典者，如李璟對馮延巳說：「『吹皺一池春水』，干卿底事？」顯然是在語言上向對方挑戰，馮氏當然明白，即報以：「未若陛下『小樓吹徹玉笙寒也』！」令對方一時語塞，可謂「窒」之最高境界。當然，假如雙方有默契，被窒者只會感

到一種特別的談話興味，語塞之餘是拜服，絕不是惱羞成怒；類似馮氏這種略帶挖苦而又帶質問的語調，最難掌握。要掌握得好，必先了解對方的「承受」程度，了解對方的背景，否則用力過猛，對方當場氣倒，又或者對牛彈琴，誤以隨珠彈雀，因此，「窒」要具感情基礎的。蘇東坡指着大肚子，問腹內藏的是甚麼？家人有的說是詩書，有的說是才華，均非知音人語，獨慧妾朝雲說：「君一肚子不合時宜！」這樣的「窒」，背後蘊藏着多少了解、多少關懷、多少認同和多少共鳴？非多情人無法理解！

香港人多不明「窒」的藝術，逢人皆「窒」，若對方尚未習慣這種語言風格，在感到氣結之餘，對你的印象自然會大

打折扣。所謂「説話要客氣一點」，客氣是對客而言，如果是知己熟人，才可放懷、大膽一點。蘇東坡和佛印是一對歡喜冤家，一次東坡往訪佛印，佛印不設座位，東坡有點不高興，説：「這裏沒椅子，不若大和尚伏在地上，讓我歇一歇！」佛印不慌不忙，説：「佛説四大本空，五蘊非有，施主要坐在哪裏呢？」東坡當下合什頂禮。這種高層次的「窒」，非高手不能為，這當然更牽涉到對手是否「服輸」的問題；如對方為口舌之爭，跟你來個沒完沒了，就未免大煞風景了。「窒」是一種談話的趣味，是一種表達的技巧，而不是用來分勝負的辯論方法。

楊修喜歡窒曹操，可説是挑錯了談話對手，因為二人身分懸殊，曹丞相誤

會楊主簿有意借窒而犯上，加上曹操缺乏幽默感，在楊修一而再，再而三的反唇相稽下，殺機陡生。因此，「窒」人之先，不能不考慮對方的感受和反應，若只為一己口舌之快而窒別人，則如貪吃刀鋒之蜜，不足一餐之美而有割舌後患──楊修就是這樣死的！同時期的孔融，在年少時頗負才名，某君心中不服，偏在公開場合揚言「小時了了，大未必佳」，孔融悠然說：「想君小時必甚了了！」像這樣的話，已是流於嘲誚涼薄，雙方已成對立，詞鋒銳利，殊非「窒」之本色！

香港人在「窒」方面全無藝術、技巧可言，連楊修和孔融的程度也夠不上，可說是一蟹不如一蟹。為了佔上風，為

了逞一時之快，為了使別人難堪，為了突出自己，「窒」被錯誤詮釋為「揶揄」、「奚落」、「挖苦」和「取笑」，自己當然處處築起保護牆，恐怕遭人「反窒」，在這種無聊的攻防戰之中，香港人犧牲了互相諒解、互相信任、互相欣賞的寶貴情操。香港人愈來愈像曹操，至於「窒」的藝術，也跟曹丞相兵退斜谷時的行軍口號暗合：「雞肋」—— 食之無肉，棄之有味。

干卿底事：即關你甚麼事。

隨珠彈雀：指做事不分輕重，得不償失。

貓喻

不少作家都喜歡貓。

聽說李後主在宮中養了不少貓，新文學家夏衍也甚愛貓，家中的貓有專用的椅子。文壇祖母冰心懷中總有那隻白色大貓，人貓配合得和諧、優雅。緣緣堂主人豐子愷也愛貓，在他的文章屢有道及。蘇州才子黃摩西也愛貓，家中三隻貓是祖孫三代同堂，黃氏大近視，外出時往往抓貓為帽，成為友朋間的笑柄。看來作家與貓，因緣不淺。

如果作者是貓，靈感便是老鼠；只有貓的敏捷動作和身手，才能捉住那隻

來去無蹤的老鼠。但有時是天下過分太平，無鼠可捉；又或者是貓性懶惰，一任鼠輩橫行——作者與靈感，有時可以是兩道絕對平行的直線，始終沒法交疊在一起。寫作的靈感就藏在日常生活中，只看誰能捕捉到那一閃靈光，發而為文。若以貓為喻，則貓之觀察力強而集中，我們也要多留心觀察身邊事物，擇其有趣味者作深入體會。古人看到「樹欲靜而風不息」，聯想到「子欲養而親不在」，不知有多少人錯過了那裊風中搖拽的樹影？看到「夕陽無限好」，詩人就生起「只是近黃昏」之歎，千古以來，也不知有多少人錯過那叫人惆悵的一抹斜陽？

　　貓對身周的事物都很感興趣，哪怕

是一點灰塵，哪怕是一小截毛線，哪怕是一片紙屑，貓都會細細注視、把玩。我們寫作常有苦無題材之感，其實是沒有留意身周的細微事物。詩人寫「夜半鐘聲到客船」，成為絕唱，事實上，寒山寺的鐘聲不可能只在張繼愁對江楓漁火之時才敲響的，那鐘聲年年如是、日日如是，卻只有張繼留意得到，乃成為詩人創作生命中的一闋動人樂章。現代小說家郁達夫，最喜歡逛街，他的作品題材大都是在街上拾回來的。在街上有着人生百態，每個人都是一個動人的故事，只要你肯細心留意，一定可以找到豐富的寫作題材。

　　貓捉老鼠是先慢後快的：牠先觀察、盤算、估量、經營、安排、計劃，

且先盡量保持着靜態，一待到恰當時機，便以迅雷不及掩耳的動作捕取獵物。寫作的時候，也應先作長時間的觀察和醞釀，讓不同的題材、片段、資料在心中混合發酵，等到寫作衝動一來，便提筆疾書。古人說的「下筆如有神」，前提是「讀書破萬卷」，可見醞釀的過程是很重要的。試想：一壺好酒，沒有足夠的時間醞釀，是不可能芳香醉人的。

貓的態度十分認真，這是誰都不會反對的，特別是你看過牠在玩一片紙屑時，那份投入，就使人感到人生原來是樂趣無窮的了。寫作的態度，也該認真投入，古人在「僧敲月下門」、「僧推月下門」的「推」、「敲」二字中苦心而認真地考慮、比較、思索，才下定稿。句

中一字未安，動輒食不甘味、臥不安寢，別人看來似是書呆子的行徑，這其實是寫作的專業態度。寫作態度不認真，不單寫不出好作品，也同時是看不起寫作、看不起自己。

宋代詩人林和靖，在西湖孤山結廬隱居，以詩文自遣，在疏影斜橫、暗香浮動之間，獨身以終老，人問其寂寞否？詩人答得風雅，說有梅花為妻、白鶴為子，自得其樂。倘容許我加上一句「有貓為師」，則千古文人，就更加不愁寂寞了。

醞釀：比喻事情逐漸成熟的準備過程。

救救孩子

　　中國人向來不重視兒童文學，從前的兒童都是讀成人文學長大的。在中國人的心目中，兒童文學是裁短了的成人文學，又或者是挑些淺易的成人作品；就是沒有為兒童寫文學的作家，「反正兒童沒有提出要求！」——很多人都這樣想。在這裏，我或許要蹲下來，從兒童的角度出發，為兒童說幾句話。

　　有沒有想過，孩子長大了為何不愛看書、沒有閱讀的習慣？為甚麼孩子永遠覺得閱讀與沉悶之間一定是個等號？

歸根究柢是沒有好的兒童文學作啟迪。興趣是要培養的，但孩子接觸到的，都不是適齡的文學作品；成人文學的價值很高，但孩子未必了解，當然更談不上有興趣了，正如要孩子揮舞動百斤重的大鐵椎，結果如何？可以想見。

　　詩歌，是孩子最喜歡的，詩歌易誦易記，有音樂感，是兒童文學創作重要的一環。神童駱賓王曾作〈鵝詩〉——「紅掌撥青波」，用詞淺白而有趣，童謠味很濃，孩子當然喜歡，但在舊有的文學作品中，要找出像駱詩一樣具濃厚「兒童味」的兒童文學，實在不是易事，〈鵝詩〉能流傳下來也是個異數。只因為，大家都看不起這些「小兒科」的東西，大家都要為前途去寫「大作」，要成一家之

言，要著書立說，哪有空閒時間去寫孩子看的東西？要看嗎？唔，文必秦漢，詩必盛唐，看杜甫好了，杜詩中的「朱門酒肉臭，路有凍死骨」，對比妙極了；淺一點的可看王維，王詩中的「獨坐幽篁裏」，太有禪味了……成年人啊！你覺得有趣味的，孩子未必覺得有趣。國仇家恨、生離死別、懷才不遇、禪風佛味，孩子將來會懂，別拗折了孩子的閱讀興趣，這些文學，令孩子感覺太沉重了。「但他們沒有反對呀！」很多人都這樣想，於是心安理得。

故事，是小孩喜愛的，故事有情節，人物多，又有對話，孩子能在當中學習讀、講和聽的語言技能，但孩子讀的，都是關於某位穿洋裙公主和拿西洋劍王

子的故事，那一座座的城堡或荒曠的農莊，沒半點親切感，似乎童話的世界就只屬於西方。東方的孩子多可憐，多少年來，看的童話都是翻譯的作品，而且翻來覆去都是那幾個女巫、王子、國王和一陣陣的葡萄酸味，還有那動不動就接吻的情節⋯⋯這一切都很難引起「小讀者」的共鳴。

我們不要責怪孩子愛看電視、漫畫，在孩子而言，圖像的世界比文字的世界有趣得多，在圖像世界裏，孩子可以遠離枯燥艱深的文字，事實上，孩子是沒有選擇的。「但他們沒有說呀！」很多人都這樣想。於是，大作家繼續忙屬於自己的創作⋯⋯

中國有不少文人作家，就是沒有像

伊索、格林一樣的人嗎？「唏！比伊索和格林更棒的還多着呢！」像伊索和格林一樣棒就夠了，無須……「兒童文學嘛，容易極了，把本來是人的故事說成是動物的故事，擬人法嘛，再將主角的名字改成疊字，孩子不是愛說『糖糖』的嗎？該滿足了吧？」說到這裏，我的腿因蹲得過久而有點發麻，而且有點暈眩的感覺……

大江南北望夫歸

　　在某個山頂上，屹立着一塊長石，遠望如凝立山頭的婦人，正癡癡地望着遠方，企盼着丈夫早日歸來，背後隆起的，不知是可憐的孩子，還是被歲月積壓的明證。

　　在中國，不同的角落，都流傳着那一闋闋大同小異的望夫哀歌：安徽當塗縣西北，又名梟子磯，相傳有某人往楚地，經年不返，其妻登山眺望，久而化為石。在江西德安縣西北，相傳有婦人登山望夫歸，每上一次山，都帶一箱土石，大概是希望站得高一點，可以看得

遠一點，如是者山愈來愈高，後人名之為望夫山。在山西黎城縣西北有石佇山，南面有人形石作凝望之態，大家都叫它作望夫石。武昌北山，流傳着婦人望行役夫還而化石的傳說。遼寧興城縣西南的望夫山上有望夫石，相傳為孟姜女望夫之處。此外，寧夏德隆縣西南、江西分宜縣西、貴州貴陽市北及廣東清遠縣，均有望夫石。在香港九龍山附近也有塊望夫石，但老一輩的人說，真正的望夫石在廣東肇慶峽附近的高山上，民謠唱道：「廣西有個留人洞，廣東有個望夫歸。」話說廣東某地有對夫妻，丈夫要乘船到省外幹活，把妻兒留在鄉間，臨行時為妻兒貯足糧食，承諾糧盡則歸，豈料丈夫一去經年，妻子只好揹

着孩子徒步上山望夫。肇慶峽是商船必經之地，可憐的婦人只好把一家團聚的希望寄託在往來的商船上，一艘復一艘，一日復一日，始終不見夫歸，漸漸變成了石頭，永遠站在山頭望夫。自此，凡有商船過峽，駛經望夫石下，必定慢駛靠近山石，點亮全船燈火，讓望夫石看看丈夫是否在船中。船員並在船頭大撒紙錢，以安慰石靈，開船時會在船頭大嚷：「你的丈夫在下一艘船中。」

人的感情可以把死物「活化」，「望夫」的情意結充塞在眾人的腦中，遂把山頂的長形石活化為望夫石。大概是自古男兒多薄倖，眾人的聯想和假設都多是望夫而非望妻。望夫傳說中的廣西留人洞，也是為了完整地演繹那拋妻棄子

的悲劇而杜撰出來的。但我倒擔心那位離鄉別井的丈夫，他可能早已客死異鄉，帶着牽掛妻兒的痛苦心情，帶着一個永遠不能實踐的諾言而逝⋯⋯《詩經》中有一篇〈陟岵〉，正是行役者登高望鄉的痛苦心聲。

　　一個承諾，可以使人相信肉身成石的傳說，縱然不相信，也津津樂道。現代的資訊發達，縱然是天南地北各處一隅，只要有一條光纖線路，便可以聽到對方的聲音、看到對方的影像。但望夫的傳說並非明日黃花，這傳說暗示了中國人對「團聚」的強烈要求——歲云暮矣，一大羣、一大羣渴望與家人相聚的人，揹着一包包沉甸甸的行李，擠在火車站的大堂。大除夕的傍

晚，在昏黃的街燈映照下，滿街都是急於歸家吃團年飯的人。機場的出口處，留下多少因焦躁而往來踱步的痕跡。

大概，在每個中國人的心中都有一塊石，「望」的是甚麼則各不相同，哪管是希望、失望或絕望——同是一樣的冥頑，一樣的沉重。

薄倖：薄情、負心。專門用來形容對愛情不專一的男人。

歲云暮矣：指一年將盡的時候。

戲夢人生

　　與友人一起看粵劇，劇目是《趙氏孤兒》。故事說趙家為奸臣陷害，慘遭滅門。門下食客程嬰冒險為趙家保存剛出生的孤兒趙武，並與忠心的退休大夫公孫杵白計議，由程嬰犧牲親生兒子以替代趙氏孤兒，讓奸臣以為斬草除根，趙家已經滅門。程嬰忍辱負重，以趙武為親子，撫養成人，殺奸雪恨。

　　曲終人散，友人被劇情感動得涕淚縱橫，一邊流淚一邊慨歎，說這些大仁大義的道德個案，都只屬於戲劇的情節。其實趙氏孤兒的故事早見於司馬遷

《史記》的〈趙世家〉，今天在舞台上搬演的所謂戲曲情節，全都是有血有肉的真實歷史，並非子虛烏有的虛構創作。只是今天的觀眾或讀者，總不能相信或不能接受這是事實，充其量只能相信這是近乎不可實現的「夢想」。

「夢想」是對未來的一種期望，現實生活中，我們都盡力使夢想成真，比如飛機的發明、人類登陸月球、光纖網絡的應用，都是把本來不可能實現的夢想實現了，香港有個關於高科技的廣告，其口號為「只要有夢想，凡事可成真」。每期彩票揭盅，總有極少撮人能實現其橫財夢想，其餘未中彩票的大批人士還樂此不疲，繼續尋夢去了，果真是有夢想就有原動力。近日還有科學家利用遺

傳基因改植方法，培養培植瀕臨絕種的動植物，還揚言科幻小說中的情節很快便可以成為現實。

為了要實現夢想，人類挖空心思，鍥而不捨地鑽研，終於幹出具體成績來。人類不愧萬物之靈，可惜人類的心思都全放在實現科學的夢想上，那些大仁大義的道德夢想，就留給水銀燈下那穿着寬袍大袖的戲子，用他們清朗的腔調唱一遍夠了。似乎沒有人想過實現這些近乎夢想的戲劇情節；都說那是情節，有人還用半嘲諷的口吻說：「車！做戲咁做，邊有咁做人㗎，搣情嘅！」

當年在研究所唸書時，聽牟宗三老師講課，牟老師問為何現今世道如此敗壞？為何人心如此醜惡？牟老師問的正

是人生、哲學的大問題，座中各研究生登時默然。牟老師說主因在於現在是沒有耶穌、沒有釋迦、沒有孔子的年代。東西神聖，以建構道德世界為職志，現代的人就是連想也沒有想到「道德」，日無所思，夜當無夢。

同情、憐憫、關懷、正義和仁慈，能否在科技高度發展之同時，在人類發展史上佔一席位？如果人類最高的成就只等如科技或智商的成就，重視道德的人恐怕會漸被淘汰。在科技發展之同時，為甚麼犧牲的總是道德？是因為道德沒有具體的價值？是因為道德吃不飽？賣不到錢？換不到學位？

都說人生如戲，但願人生是齣善惡分明、充滿道德感的好戲，大家都投

入地演、盡力地演。程嬰捨子存趙孤演得真好，聽那一片片如潮的喝彩聲和掌聲，至今還沒有停止；只是大家都不敢叫一聲「安歌」——演這種戲，畢竟是很吃力的。

涕淚縱橫：滿臉鼻涕和眼淚。形容人極度傷心難過的樣子。

揭盅：即揭曉、揭開謎底的意思。

搧情：搧，鼓動。指把別人的情緒調動起來。

弄假成「齋」

　　吃齋有趣，看齋菜菜譜更有趣。

　　齋菜分兩種，一種是「羅漢齋」，即和尚日常吃的齋菜，沒有特定的名稱，都是拉拉雜雜的菜蔬大集會；另一種是世俗齋，即在素菜館吃到的齋，不外是菜蔬、粉糰之類。跟羅漢齋不同的是，世俗齋配搭新鮮，而且名稱特別。為了迎合世俗人的飲食習慣，素菜館的老闆花盡心思，構思一些令人疑真疑幻的菜名。例如把粉糰說成是羊肉，油炸粉糰加酸甜醬是酸甜排骨，粉片是鮮魷魚或鮑魚，粉絲是魚翅；冬菇切成絲可以充

鱔片，更有趣的是用芋泥作魚形夾餅，再澆上五柳酸汁，便成一味五柳仙斑。這種種弄假成「齋」的技倆，既自娛亦可娛人。

我並不反對弄假成齋，反正吃的始終是齋，名字本來就不重要。這巧立假名之舉，總比般若炒飯、輪迴拼盤或慈悲雙蔬好一點。佛家要世人空盡色相，不要為名相所擾。吃名為鮑魚的東西不是鮑魚，吃名叫排骨的與豬完全無關，這種體驗實在充滿禪味。你或許會發出會心微笑：「炒鱔片？喔，原來是⋯⋯」當即放下食具，立地成佛也未可知。事實上，那一絲會心微笑，跟靈山上佛祖拈花微笑相差不遠。

弄假成齋充分體現「名相雖殊，本

質如一」的至理，多花巧的名字，多吸引的賣相，一口吃下，還不是一句「不外如是」？如能把從中參悟的至理應用於萬丈紅塵中，你該會有多大的得着，多大的發現。從前有位自命得道的僧人，一次被人愚弄：在他打坐的蒲團上大書一個「佛」字，自命得道的僧人連忙合十頂禮，連呼「罪過，罪過，不敢，不敢！」他認為坐在「佛」字上是罪過，因此不敢坐。可以想見，這位「高僧」平日吃的大概是般若炒飯或輪迴拼盤一類的齋，為名相所礙，難得自在。近代高僧丹霞法師，在荒山破廟中幾乎冷死，幸廟內有木雕佛像一具，丹霞斫佛像生火取暖，此舉為僧眾非議，但丹霞卻不以為然。丹霞通達無礙，未知是否在吃

「五柳仙斑」時體悟的？

　　弄假成齋，能為你展現一個個騙局，讓你參悟，讓你洞悉，讓你看破。最下智的人，最根鈍的人，都能在一桌假齋前，很理智地分析：「這本來是……」但可惜，天下無不散的筵席，齋菜吃完了，剛才分析得頭頭是道，現在呢？大概是吃得太飽的緣故，分析能力漸次減弱了，特別在那名為「人生」的筵席上，那一道道名菜：名譽、金錢、地位、權力……始終叫世人目迷心眩，把持不定。都怪那廚子的功夫了得，弄假的技術太高明了，令世人如癡如醉，以假為真。但當我們發覺，在偌大的廚房內竟空無一人，我們該會面面相覷，想想這究竟是怎麼回事。

非議：批評、指責。

不以為然：不認為是對的。

複印的歲月

　　在我唸中、小學的年代，複印機並不普遍，沒有專門提供複印服務的店子，也沒有完善的複印服務。那時，某些具規模的書局或文具店，會自行投資購置複印機，顧客複印文件通常只限於身份證明文件，跟現在大不相同了。複印素質也跟現在的大不相同，從前的複印都是「濕印式」，複印出來的副本濕漉漉的，要拈着回家。至於上課用的筆記、習題、資料，全都是手抄的。老師上課嘩啦嘩啦地說，學生便手不停書，趕不及的話，下課後便跟其他同學的筆記對

照，拾遺補闕。較前衛的老師會用油印
方式印發講義，那發黃的「白報紙」上，
印滿不太均勻的墨色，如果原版蠟紙不
慎給弄穿了，副本便會出現一攤攤的墨
污，原版愈舊，副本的字跡便愈汗漫。
當時校內的考卷也是油印的，考試時經
常要老師澄清某些印得不清楚的地方，
但奇怪的是，字跡愈汗漫，印象卻愈清
晰。圖書館也鮮有複印服務，我曾坐在
圖書館的一隅，用十多天的課餘時間去
抄那篇收錄在《四庫全書》內的〈印典〉。

現在是個複印的年代，不知是複印
服務太普及，還是現代人濫用了複印
機。學生都不用抄寫筆記，學生手上的
筆記，都是複印得清楚玲瓏的 —— 白書
紙、全柯式碳粉、鐳射複印。複印機能

一絲不苟地把老師的心得傳授給學生，但學生對筆記的印象反而顯得糊模，可能是得來太易了，掉以輕心，在這複印的歲月中，見怪不怪了。抄筆記漸漸成為瀕近絕跡的活動。單從「抄」字由從屬「金」部的「鈔」字，不知不覺歸屬了「手」部，便可知它的貶值率有多厲害。復看當時得令的「複」字，從屬「衣」部：抄回來的筆記尚「如手如足」，複印得來的卻「如衣如服」。廣東有句半對半錯的諺語：「兄弟如手足，夫妻如衣服。」意即兄弟關係密切，夫妻關係則容易情替愛遷。想不到下半句錯話，竟然成為複印歲月的最佳註腳。

在複印的歲月裏，甚麼都可以複印、複製。日式食品中，有一種「假蟹

鉗」，以碎魚肉充當蟹肉，形狀都是同一個模子壓出來的，味道千篇一律之外，外形也千篇一律。最近從新聞報導中得知「複製猴子」的實驗成功了，我在驚歎科技昌明之餘，更希望科學家不要把這高明的複印科技用在人類身上。複製人類的技術若真的普及起來，雖可使我們免除生離死別之「苦」，但「人」的價值，正正在於「獨一無二」，若是「無獨有偶」，也就跟壓模式的假蟹鉗一樣──只有一種「味道」、只有一個外形。人生何以乏味至此？人生何以單調至此？這都是複印歲月的死結。

複印，從另一角度看，是保守，是沒有進步。人類的「進化」，大概要在複印歲月中漸次消失了，取而代之的或許

是一個另類的大「同」世界吧。

汗漫：原指廣大無邊，這裏指模糊不清。

那一幢舊房子

　　舊房子的「包租婆」阿母有吃夜宵的習慣，只要我還未睡，她總會帶我到附近的排檔去，吃的是甚麼已記不起了，但熟蛋是必定有的，而且是吃飽了才買，是讓我捧着回去的「紀念品」。但阿母的脾氣也很猛，情緒很不穩定，聽媽媽說，阿母的丈夫有外遇，因此心情欠佳。印象中，阿母確是愛罵人，媽媽還說阿母曾罵過鬼哩！舊房子是屬於戰前物，香港淪陷時曾經空置了好一段日子，一些流浪難民，為求暫時安身，便住在房子內，有的病死了，有的餓死

了，因此，舊房子曾鬧鬼。聽媽媽說，阿母在睡夢中見一幽魂，在蚊帳外徘徊不去，阿母即屬聲罵道：「別騷擾我們，隔壁有小孩子，別嚇壞孩子們，走！走！」說也奇怪，舊房子從此便沒有再鬧鬼了。

舊房子鬧鬼並不可怕，反正都是以訛傳訛，眼不見為乾淨，但蛇蟲鼠蟻嘛，卻是談之色變，至今印象猶新。阿母養的「肥豬肉」，便是用來治鼠的。「肥豬肉」是罕有的油爪貓，所到之處都會留下爪掌分泌出來的獨特氣味，老鼠嗅到便會退避三舍。因此我們經常抱着「肥豬肉」，希望牠的「貓油」薰染到我們的身上，作為驅鼠的妙法。「肥豬肉」雖可治鼠，但卻治不了蟑螂，一到晚上，關

了燈，藉着窗外街燈的反照，可以看到廚房的門框上，滿是閃蠟蠟的黑殼，在蠕動、顫動⋯⋯偶爾會看到一兩隻白色的蟑螂，媽媽說是黑色蟑螂經多次蛻殼而致，「人老了，鬚髮也會變白，白蟑螂也是一樣。」於是，我便叫白蟑螂為「蟑螂伯伯」了。

舊房子的一樓是賣藤器、竹器的店子，阿母說蜈蚣最愛藏身竹筒之內，而且多含劇毒，着我們要小心，例如煮熟了的雞要蓋好封好，原因是雞與蜈蚣生性相剋，活的雞吃毒蜈蚣，但煮熟了的雞若被蜈蚣爬過，便會身染劇毒，倘若不慎誤吃，便會中毒而死！幸好我們家窮，沒多大機會吃雞，「中毒」的機會也就相應減少了。但媽媽確曾被蜈蚣噬

過，傷口紅腫了好幾天。有一次真的見到蜈蚣，長約尺餘，大家都不敢動手打牠，只有阿母拿着木屐，坐在門檻上用力打牠，真所謂「百足之蟲，死而不僵」，打了很久，那可惡的東西還在蠕動，「肥豬肉」蹲踞在一旁監視，不時閃動牠的利爪，攫向那可惡的東西。阿母說蜈蚣雖毒，但卻可治瘡疥之毒，她把蜈蚣浸在油裏，盛在一個玻璃闊口瓶內，成為威脅我的可惡工具。

不知從哪天開始，在窗外看不到「肥豬肉」了，媽媽說牠在天井的高垣上掉下，摔死了。相傳貓有九命的，優待牠的九個免死機會大概已經用盡了。某一個下午，阿母如常地在午睡前拿糖果給我吃，還鄭重地說：「阿母剛看大夫，

吃了藥，要好好休息，別吵醒我，乖乖吃糖果！」這是我們多年來的君子交易，我啃着糖果，尾隨着她，見她走到走廊的盡頭，在陽台上晾起剛洗好的衣服，然後慢慢的坐下，我生怕吵醒她，破壞了我們之間的君子協定，便躡手躡足地走回房間內，阿母就這樣安靜地坐着。直到她的家人警覺到有點不妙——只聽到陽台上一片擾嚷、嘈吵……

　　我不知他們在陽台上說些甚麼。過了好幾個月，我大概是明白了：打從搬出舊房子的那一刻，我知道，我將失去那略帶姑息意味的糖果、免費的夜宵和那暖暖的熟蛋。

以訛傳訛：把不正確或不符合實際情況的話不正確地

　　　　傳出去，愈傳愈錯。

躡手躡足：形容放輕腳步走的樣子。

天光道的闌珊燈火

　　當年，我抱着一腔熱誠到新亞研究所去。那天天氣異常陰冷，正午時已懸掛三號風球，風雨大得很，好不容易才找到天光道新亞中學的入口處，卻見門外掛着告示，說入口在合一道，我又冒着雨去找，弄到衣履盡濕。新亞研究所設在新亞中學的四樓，拾級而上，幽暗的燈光，把窗外的狂風暴雨映襯得更凌厲，到了四樓，幽暗的走廊兩旁是教室，走廊的盡處是閱報的地方，那天研究所只有一位校役當值，他對我說入學報名表要翌日才派發，但最後我還是拿到了

表格，大概是一身濕透的衣衫的作用吧。後來，我才知道他就是「邱叔」。

　　邱叔愛抽煙，身邊永遠有一團白煙圍着，嘴角永遠叼着半長不短的香煙。他經常拿着保溫水瓶在走廊上來回，腰間繫着一大把鑰匙，走起來鏘鏘作響。邱叔像管理宿舍的舍監，他視所有研究生為子女，不管是碩士生或博士生，也不管你年紀多大，只要是不對，邱叔都會即時作出「教訓」。例如下課後忘記關窗，忘記關燈，研究室桌椅不整齊，邱叔都會毫不留情地責罵，研究生都很怕他。邱叔在研究所當了多年校役，跟所中的教授很熟，而且視研究所為家，每當開學，邱叔都會語重心長地對我說，某教授今年在所中開課，很有分量，着

我要多找幾位同學去聽課，場面太冷清的話，教授便不再來了。邱叔珍惜研究所的一切，每年的孔誕，研究所都有慶祝活動，邱叔負責打點一切，熱情得叫某些冷淡的研究生慚愧。但某些研究生不喜歡他，認為他言行僭越，狐假虎威，如果時光倒流回封建時代，邱叔一定是僭位越權的內侍臣。但我總覺得，如果研究所是榮國府，邱叔一定是襲人。

畢業後，突然收到邱叔患癌病進院的消息，我立即想到邱叔嘴邊叼着的可惡香煙。我約同所友去探望他，見他斜倚在病牀上，瘦得很，那時我又覺他應該是晴雯。我從來怕探病，不知該說些甚麼話，同來的所友對邱叔說：「邱叔，你出院後，我作東，到西貢吃海鮮，好

嗎？」邱叔苦笑，幽幽地説：「你乖，你乖，邱叔知自己事……」接着便含含糊糊地道出曾來探病的教授的名字，還有好幾位研究生的名字。「他們都來看我，我知，我知自己事。」這是我最後一次見邱叔，他一病不起，一個月後，我到靈堂去送他，覺得有點陌生，跟重回研究所的陌生感覺一樣：沒有香煙、沒有白煙、沒有鑰匙碰撞聲。

不到十年，教務長趙潛先生亦因癌病去世，還有羅夢冊教授、牟宗三教授、嚴耕望教授也先後離我們而去。研究所的變化實在太大了，每當我路經研究所，如果是傍晚時分，我會望向新亞中學的頂樓，回想在研究所讀書的日子，大概有整整兩年的時間，我拼盡氣力拾

天光道的閃珊燈火

級而上，那四層樓級，不多也不少，曾使我臉紅，曾使我惶恐，特別當我在梯間見到牟老師拾級而上的背影，我的臉會更紅。此刻研究所的玻璃窗正透出明亮的燈光，我在臉紅之餘，更會感到一點暖意——雖然，多位老師和邱叔，都已站在燈火闌珊之處。

燈火闌珊：指人煙少、比較冷清的地方。